Visita nuestro sitio www.av2books.com
e ingresa el código único del libro.
Go to www.av2books.com, and enter this book's unique code.

CÓDIGO DEL LIBRO
BOOK CODE

Z739278

AV² de Weigl te ofrece enriquecidos libros electrónicos que favorecen el aprendizaje activo.
AV² by Weigl brings you media enhanced books that support active learning.

El enriquecido libro electrónico AV² te ofrece una experiencia bilingüe completa entre el inglés y el español para aprender el vocabulario de los dos idiomas.

This AV² media enhanced book gives you a fully bilingual experience between English and Spanish to learn the vocabulary of both languages.

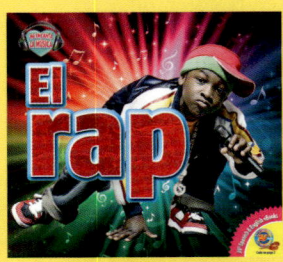
Spanish

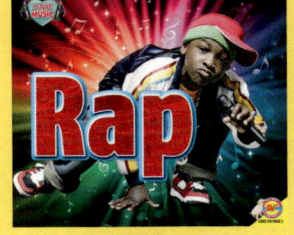
English

Navegación bilingüe AV²
AV² Bilingual Navigation

CERRAR / CLOSE

INICIO / HOME

OPCIÓN DE IDIOMA / LANGUAGE TOGGLE

CAMBIAR LA PÁGINA / PAGE TURNING

VISTA PRELIMINAR / PAGE PREVIEW

Copyright ©2017 AV² de Weigl. Library of Congress Cataloging-in-Publication Data se encuentra en la página 24.
Copyright ©2017 AV² by Weigl. Library of Congress Cataloging-in-Publication Data is located on page 24.

El rap

ÍNDICE

- 2   Código del libro de AV²
- 4   ¿Cuándo comenzó el rap?
- 6   ¿Dónde se originó el rap?
- 8   Los primeros raperos
- 10   Cantando rap
- 12   ¿De qué hablan las canciones de rap?
- 14   Los instrumentos
- 16   En el grupo
- 18   El rap hoy
- 20   Me encanta la música
- 22   Datos sobre el rap

El rap comenzó en los Estados Unidos en los años 70.

La música rap viene del hip-hop. El hip-hop es un tipo de música.

Los primeros shows de hip-hop se realizaron en fiestas privadas.

Los afroamericanos de Nueva York hicieron la primera música rap.

El trío The Sugarhill Gang creó la primera canción de rap popular.

Cantar rap es hablar al ritmo de la música. Las palabras de las canciones de rap suelen rimar.

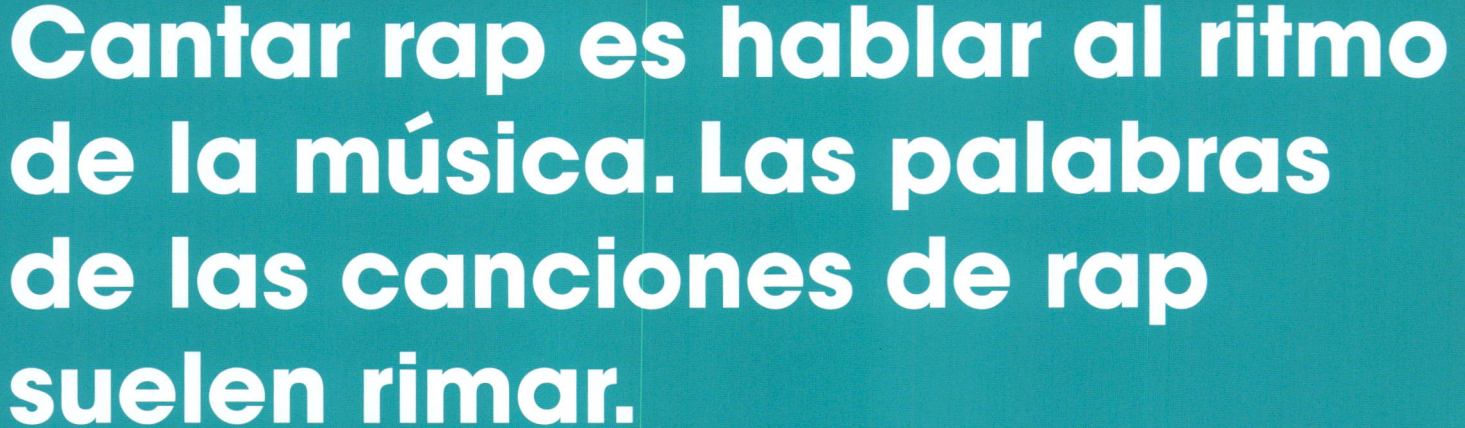

La forma en que hablan los raperos se llama "flow".

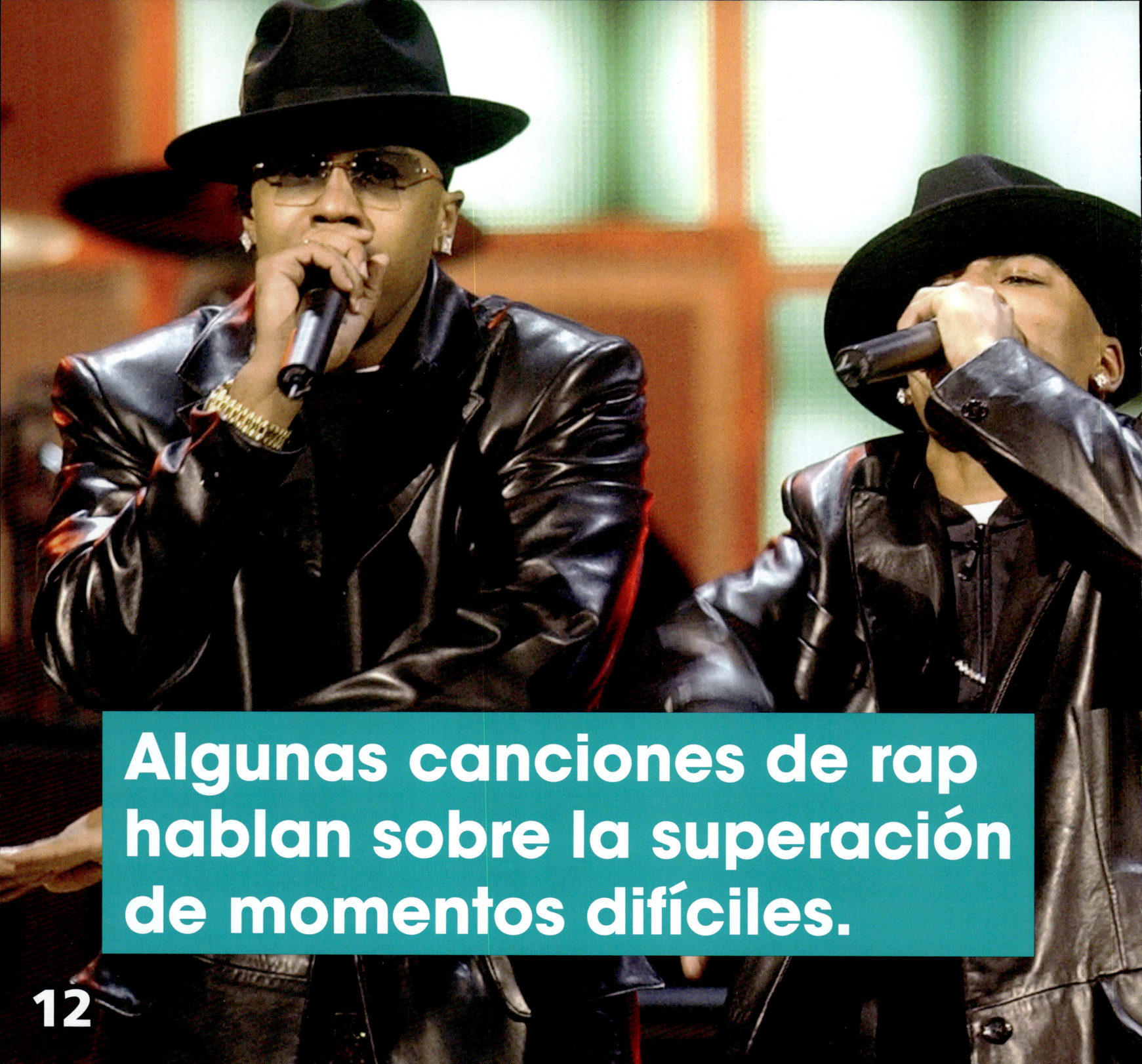

Algunas canciones de rap hablan sobre la superación de momentos difíciles.

Los raperos pueden decir cientos de palabras en una sola canción.

La música rap se creó usando un tocadiscos y discos.

Ahora, algunos usan computadoras para hacer música rap.

Hacer canciones de rap juntos nos enseña a ser un equipo.

Hoy, miles de personas van a ver a raperos famosos.

Los raperos pueden hacer concursos para ver quién es el mejor.

DATOS SOBRE EL RAP

Estas páginas contienen más detalles sobre los interesantes datos de este libro. Están dirigidas a los adultos, como soporte, para que ayuden a los jóvenes lectores a redondear sus conocimientos sobre cada género musical presentado en la serie *Me encanta la música*.

Páginas 4–5

Me encanta la música. Mi música favorita es el rap. Música es el nombre que se le da a los sonidos hechos con voces o instrumentos musicales, cuya combinación transmite emociones. La gente usa la música para expresarse. El rap puede ser desde una denuncia social grave hasta una canción alegre para bailar en las fiestas. El género se caracteriza por tener compases fuertes y letras con rimas habladas en lugar de cantadas. A veces el rap se mezcla con otros géneros creando sub-géneros, como el rap rock y el rap metal.

Páginas 6–7

La música rap viene del hip-hop. El hip-hop es la música de fondo del rap. El hip-hop es un movimiento cultural que comenzó en las comunidades urbanas de afroamericanos en los años 70. Llegó a ser un fenómeno mundial en los 80 y 90. El hip-hop tiene música rítmica, reproducción musical, rap y un tipo de baile llamado "b-boying". Algunas de las primeras fiestas de hip-hop en vivo se realizaron en reuniones privadas de los barrios de Nueva York a principios de la década del 70.

Páginas 8–9

Los afroamericanos de Nueva York hicieron la primera música rap. El jamaiquino Clive Campbell, también conocido como DJ Kool Herc, fue el primer disc jockey, o DJ, de hip-hop. También fue un precursor del rap. Inspirado por un estilo musical de Jamaica llamado "toasting", Campbell introdujo el concepto de hablar mientras se tocan dos discos simultáneamente. Usó un tocadiscos para pasar música popular bailable mientras en el otro pasaba break beat, o ritmo de batería.

Páginas 10–11

Cantar rap es hablar al ritmo de la música. El rap puede ser visto como una forma de poesía hablada al compás de la música. A diferencia de otros tipos de poesía, el rap tiene que encajar dentro de una música específica, lo que obliga a los raperos a adaptar cuidadosamente sus rimas a un ritmo estricto. La técnica del rapero consiste en lo que ellos llaman el "flow" y el "delivery". El flow, o flujo de inspiración, es la forma en que el rapero trabaja con el ritmo. El delivery es la manera en que controla su respiración para no interrumpir el flow.

Páginas 12–13

Algunas canciones de rap hablan sobre la superación de momentos difíciles. Las letras de rap suelen abarcar una gran variedad de temas, como los problemas sociales, la pobreza, la política y la vida cotidiana. Muchos raperos crean letras intricadas, con diferentes niveles rítmicos a diferente velocidad. En enero de 2013, el rapero estadounidense Eminem marcó un récord Guinness mundial con su canción *Rap God* por ser el "sencillo con mayor cantidad de palabras". En los 6 minutos y 4 segundos que dura la canción, Eminem "rapea" 1.560 palabras.

Páginas 14–15

La música rap se creó usando un tocadiscos y discos. El tocadiscos es el aparato musical más icónico del rap. Los DJ "tocan" los tocadiscos. Hacen girar los discos para mezclar mejor los sonidos y ritmos. Hoy, los productores usan computadoras para mezclar capas de ritmos, voces y otras muestras de sonidos y hacer un rap. Los productores también pueden usar sintetizadores llamados "samplers" para enganchar secciones de canciones, al igual que los DJ con los tocadiscos.

Páginas 16–17

Me gusta hacer rap con mis amigos. Hacer música con otras personas enseña a los niños a cooperar, trabajar en equipo y alcanzar metas. Los niños que practican música regularmente tienden a tener más confianza y a llevarse mejor con los demás. Algunos alumnos aprenden mejor en grupo porque no sienten la presión de tener que aprender solos.

Páginas 18–19

Hoy, miles de personas van a ver a raperos famosos. Más de 800.000 personas en todo el mundo asistieron a los 19 shows del rapero estadounidense Jay-Z en su gira mundial "On the Run" de 2014. Fue la gira de mayor recaudación del género hip-hop de ese año, con más de 95 millones de dólares recaudados. Las batallas de rap son muy comunes entre los artistas de rap de la actualidad. En una batalla de rap, dos raperos se pelean verbalmente turnándose para rapear versos que digan por qué es el mejor rapero.

Páginas 20–21

Me encanta la música de rap. Haciendo música aprendo cosas nuevas. Estudios recientes sugieren que aprender y practicar música puede beneficiar la capacidad de aprendizaje del niño. Entre otros beneficios, mejora la habilidad motriz y la destreza, aumenta las calificaciones de sus exámenes e incluso eleva el coeficiente intelectual, o CI. También se ha demostrado que aprender música a una edad temprana ayuda a desarrollar el lenguaje y a mejorar las habilidades para la lectura y la comprensión oral.

¡Visita www.av2books.com para disfrutar de tu libro interactivo de inglés y español!

Check out www.av2books.com for your interactive English and Spanish ebook!

1 Entra en www.av2books.com
Go to www.av2books.com

2 Ingresa tu código
Enter book code

Z 7 3 9 2 7 8

3 ¡Alimenta tu imaginación en línea!
Fuel your imagination online!

www.av2books.com

Published by AV² by Weigl
350 5th Avenue, 59th Floor
New York, NY 10118
Website: www.av2books.com

Copyright ©2017 AV² by Weigl
All rights reserved. No part of this publication may be reproduced, stored in a retrieval system, or transmitted in any form or by any means, electronic, mechanical, photocopying, recording, or otherwise, without the prior written permission of the publisher.

Library of Congress Control Number: 2015953912

ISBN 978-1-4896-4353-7 (hardcover)
ISBN 978-1-4896-4355-1 (multi-user eBook)

Printed in the United States of America in Brainerd, Minnesota
1 2 3 4 5 6 7 8 9 0 20 19 18 17 16

Project Coordinator: Jared Siemens
Spanish Editor: Translation Cloud LLC
Designer: Mandy Christiansen

022016
101515

Every reasonable effort has been made to trace ownership and to obtain permission to reprint copyright material. The publisher would be pleased to have any errors or omissions brought to its attention so that they may be corrected in subsequent printings.

The publisher acknowledges Corbis Images, Getty Images, and iStock as the primary image suppliers for this title.